CENTER FOR LANGUAGE
EDUCATION AND COOPERATION
中外语言交流合作中心

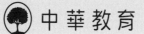
中華教育

# YCT 標準教程
## STANDARD COURSE

# 活動手冊
## ACTIVITY BOOK 1

主編 Lead Author | 蘇英霞 Su Yingxia

編者 Authors | 王 蕾 Wang Lei 蔡 楠 Cai Nan

# 目 錄
# Contents

# 你好！
## Hello!

**1** 描一描。 Trace over the *Pinyin* and characters.

| 1 | 2 | 3 | 4 | 5 | 6 | 7 | 8 | 9 | 10 |
|---|---|---|---|---|---|---|---|---|----|
| yī | èr | sān | sì | wǔ | liù | qī | bā | jiǔ | shí |
| 一 | 二 | 三 | 四 | 五 | 六 | 七 | 八 | 九 | 十 |

**2** 連一連。 Match the *Pinyin* with pictures.

yī　èr　sān　sì　wǔ　liù　qī　bā　jiǔ　shí

**3** 起名字。Give yourself a Chinese name.

在老師的幫助下，給自己起一個漢語名字，並做一個漂亮的名片吧。

With the help of your teacher, come up with a Chinese name for yourself, then make yourself a pretty name badge.

My portrait

名字（Name）

**4** 說一說。Let's talk.

每人舉着自己的名片，輪流跟同學們打招呼，然後說再見。

Holding up your name badge, take it in turns to greet and say goodbye to everyone.

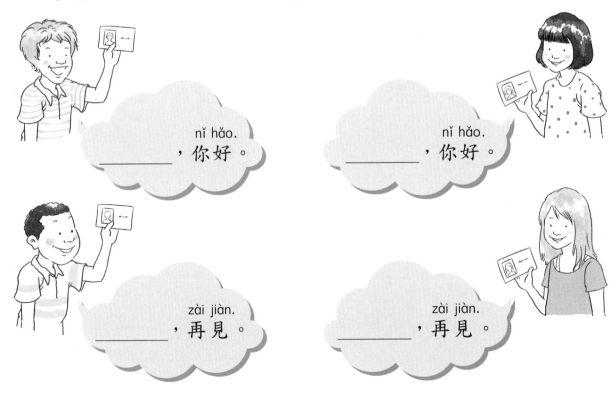

nǐ hǎo.
_____，你好。

nǐ hǎo.
_____，你好。

zài jiàn.
_____，再見。

zài jiàn.
_____，再見。

**5** 塗顏色。 Color the numbers in.

給數字相同的部分塗上一樣的顏色，畫出一隻可愛的蝴蝶。

Color in the cute picture of a butterfly by coloring each segment according to the numbers.

**6** 我的小書。My Chinese number book.

數一數，黏一黏。Count the pictures, then cut out the numbers and stick them in the right box.

| yī 一 | èr 二 | sān 三 | sì 四 | wǔ 五 |
|---|---|---|---|---|
| liù 六 | qī 七 | bā 八 | jiǔ 九 | shí 十 |

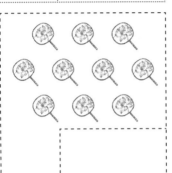

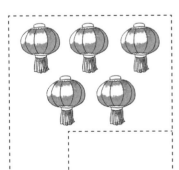
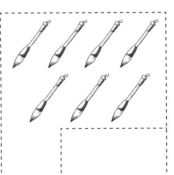

# Lesson 2

## 你叫甚麼？
### What's your name?

**1** 找一找，連一連。 Help the dog out by finding and connecting all the phrases " 很高興 ".

入口
↓ Entrance

| 很 | 高興 | 不 | 認識 | 我 |
|---|---|---|---|---|
| 好 | 很 | 甚麼 | 好 | 她 |
| 不 | 高興 | 很 | 高興 | 認識 |
| 認識 | 你 | 叫 | 很 | 高興 |
| 老師 | 不 | 她 | 認識 | 很 |
| 她 | 很 | 老師 | 我 | 高興 |

出口
→ Exit

**2** 找一找，寫一寫。 Find the *Pinyin* by filling in the missing letters according to the shape keys below, then translate the Chinese words into English.

sh    r    m    e    n    i

(1)

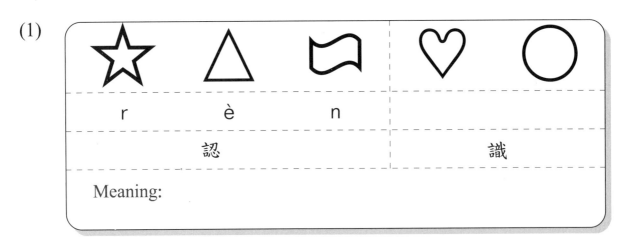

r è n

認　　　　　識

Meaning:

(2)

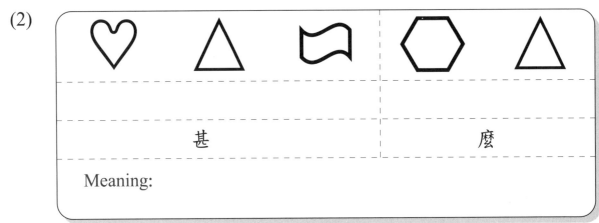

甚　　　　　麼

Meaning:

**❸** 看一看，選一選。Look at the pictures and choose the appropriate word for each picture.

(1)　　　　　　　　(2)　　　　　　　　(3)

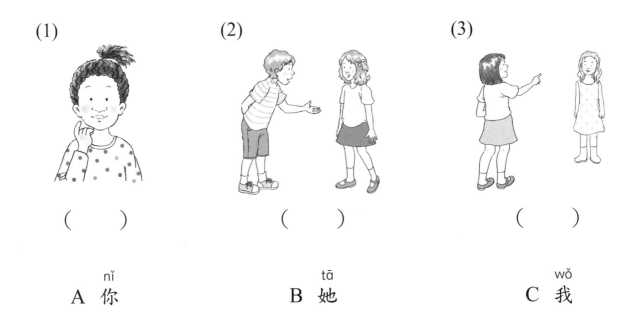

(　　)　　　　　　(　　)　　　　　　(　　)

nǐ　　　　　　　　tā　　　　　　　　wǒ
A 你　　　　　　B 她　　　　　　C 我

④ 讀一讀，塗一塗。Read the phrases below and color in the right pictures.

hěn hǎo
(1) 很 好

A

B

bù hǎo
(2) 不 好

A

B

bù gāo xìng
(3) 不 高 興

A

B

hěn gāo xìng
(4) 很 高 興

A

B

⑤ 看一看，說一說。Have conversations with your partner using the pictures and examples below.

Nǐ rèn shi tā ma?
A：你 認 識 他 嗎 ？
Bú rèn shi.
B：不 認 識 。

Nǐ rèn shi tā ma?
A：你 認 識 牠 嗎 ？
Rèn shi.
B：認 識 。
Tā jiào shén me?
A：牠 叫 甚 麼 ？
Tā jiào ...
B：牠 叫 ……

❻ 畫一畫，說一說。Draw a picture of a cartoon character, your friend or yourself, then introduce them to your partner in Chinese.

Nǐ hǎo!　Wǒ jiào 　　　　　　　.　Rèn shi nǐ hěn gāo xìng!
例：你 好 ！我 叫 _____ 。認 識 你 很 高 興 ！

# Lesson 3

## 他是誰？
## Who is he?

**1** 小貓釣魚。 Match the characters with the *Pinyin* by helping the cats catch the right fish.

**2** 抱作一團。 Group Hug.

每個學生拿一張漢字卡片。老師說一個句子，手拿這些卡片的同學要迅速抱在一起，並大聲讀出該句子。 Each student takes one of the character cards. As the teacher reads out a sentence, students holding those characters get together in a huddle, and then shout out the sentence.

| tā | shì | shéi | nǎ | guó |
|---|---|---|---|---|
| 他 | 是 | 誰 | 哪 | 國 |
| rén | zhōng | jiào | chéng | lóng |
| 人 | 中 | 叫 | 成 | 龍 |

**❸ 連一連。** Match the pictures with their countries.

•

•
Měiguó
美 國  United States

•

•
Zhōngguó
中 國  China

•

•
Rìběn
日 本  Japan

•

•
Jiānádà
加 拿 大  Canada

•

•
Àodàlìyà
澳 大 利 亞  Australia

•

•
Yìndù
印 度  India

**❹ 根據圖片完成對話。** Complete the conversations according to the pictures.

例：
A：
Tā / Tā shì shéi?
他 / 她 是 誰 ？

A：
Tā / Tā shì nǎ guó rén?
他 / 她 是 哪 國 人 ？

B：_____。

B：_____。

Mǎdīng
馬 丁 (Martin)

Sūshān
蘇 珊 (Susan)

Lǐ Fāng
李 芳

**5** 找朋友。Find your friends.

每個學生拿一張卡片。用下面的句型找到和你同國籍的朋友。Each student takes one of the cards below. Use the sentence patterns to find classmates who are the same nationality as yourself.

Nǐ hǎo,
你好，
nǐ jiào shén me?
你叫甚麼？

Nǐ shì
你是
nǎ guó rén?
哪國人？

Rèn shi nǐ
認識你
hěn gāo xìng.
很高興。

Wǒ jiào
我叫＿＿＿。

Wǒ shì ＿＿ rén.
我是＿＿人。

Rèn shi nǐ
認識你
wǒ yě hěn gāo xìng.
我也很高興。

Jīn Xiùzhēn　Hánguó rén
金　秀　珍　韓　國　人

Mǎlì　　Jiānádà　rén
瑪　麗　加　拿　大　人

Lǐ Qiáng Zhōngguó rén
李　強　中　國　人

Mǎdīng　Yīngguó rén
馬　丁　英　國　人

Shānběn Àiměi　Rìběn rén
山　本　愛　美　日　本　人

Dānní'ěr　　Měiguó rén
丹　尼　爾　美　國　人

**6** 選詞填空。Fill in the blanks with the words in the box.

| nǎ<br>A 哪 | dōu<br>B 都 | shéi<br>C 誰 | piào liang<br>D 漂 亮 | rèn shi<br>E 認 識 |
|---|---|---|---|---|

Tā shì Měiguó rén, wǒ shì Měiguó rén, wǒ men _____ shì Měiguó rén.
(1) 她 是 美 國 人 ， 我 是 美 國 人 ， 我 們 _____ 是 美 國 人 。

Wǒ mā ma hěn
(2) 我 媽 媽 很 _____ 。

Wǒ bù _____ tā. Tā shì
(3) 我 不 _____ 她 。 她 是 _____ ？

Nǐ shì _____ guó rén?
(4) 你 是 _____ 國 人 ？

**7** 名片設計。Design your own name card and stick it on your locker.

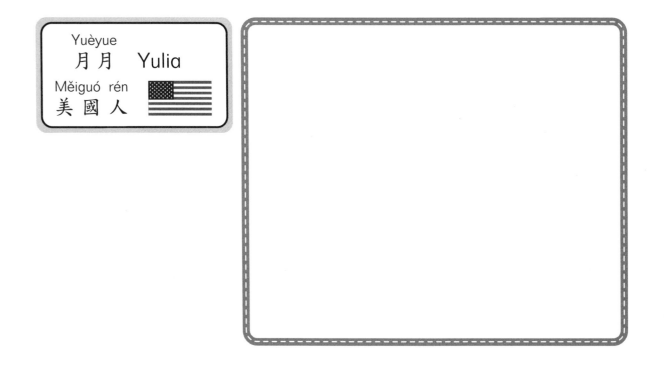

# 我家有四口人

## There are four people in my family

**1** 數一數，有幾個？ Count all the characters and say how many there are of each.

| | | | | | |
|---|---|---|---|---|---|
| 哥 | 哥 | 有 | 媽 | 姐 | 爸 |
| 幾 | 姐 | 姐 | 媽 | 姐 | 爸 |
| 媽 | 媽 | 爸 | 爸 | 沒 | 有 |
| 妹 | 口 | 和 | 姐 | 姐 | 個 |
| 妹 | 爸 | 爸 | 家 | 口 | 哥 |
| 媽 | 媽 | 個 | 媽 | 媽 | 哥 |

bà   ba
爸 爸 father _____個 ge

mā   ma
媽 媽 mother _____個 ge

gē   ge
哥 哥 big brother _____個 ge

jiě   jie
姐 姐 big sister _____個 ge

mèi   mei
妹 妹 little sister _____個 ge

**2** 寫拼音，說一說你的家人。 Write the *Pinyin* and talk about your family.

爸爸 _____   媽媽 _____   哥哥 _____

姐姐 _____   妹妹 _____   我 _____

13

**3** 寫一寫，讀一讀。Complete the sentences and read out.

寫出你自己、家人和好朋友的名字，然後在班級裏大聲讀出來。Write down the names of yourself, your family members and friends to finish the sentences, then read them out loud to the class.

Wǒ jiào
(1) 我 叫＿＿＿＿＿＿＿＿＿＿。
My name is                    .

Wǒ de gē ge ／ dì di jiào
(2) 我 的 哥 哥 ／ 弟 弟 叫＿＿＿＿＿＿＿＿。
My brother's name is                    .

Wǒ de jiě jie ／ mèi mei jiào
(3) 我 的 姐 姐 ／ 妹 妹 叫＿＿＿＿＿＿＿＿。
My sister's name is
.

Wǒ de hǎo péng you jiào
(4) 我 的 好 朋 友 叫＿＿＿＿＿＿＿＿。
My best friend's name is                    .

**4** 小調查：你的家。Class survey: about your family.

| tóng xué míng zi<br>同 學 名 字 | gē ge<br>哥 哥 | jiě jie<br>姐 姐 | dì di<br>弟 弟 | mèi mei<br>妹 妹 |
|---|---|---|---|---|
| 1 | | | | |
| 2 | | | | |
| 3 | | | | |
| 4 | | | | |
| 5 | | | | |

Nǐ yǒu gē ge ( jiě jie ／ dì di ／ mèi mei ) ma?
Q：你 有 哥 哥 ( 姐 姐 ／ 弟 弟 ／ 妹 妹 ) 嗎 ？

Yǒu ／ Méi yǒu.
A：有 ／ 沒 有 。

Yǒu jǐ ge?
Q：有 幾 個 ？

Yǒu        ge.
A：有＿＿＿＿＿ 個 。

**5** 大富翁遊戲。Chinese Monopoly.

兩人一組，輪流擲骰子。先用漢語說出骰子的點數，然後回答大富翁棋盤上的問題。

In pairs, take it in turns to roll the dice. Read out the number on the dice in Chinese, then answer the question on the Monopoly board.

⑧
Nǐ rèn shi
你認識
Chéng Lóng ma?
成龍嗎？

⑨
Chéng Lóng shì
成龍是
nǎ guó rén?
哪國人？

⑩
Nǐ shì
你是
nǎ guó rén?
哪國人？

⑪
Nǐ jiā yǒu
你家有
jǐ kǒu rén?
幾口人？

⑫
Nǐ yǒu
你有
gē ge ma?
哥哥嗎？

⑬
Nǐ yǒu jǐ ge
你有幾個
jiě jie?
姐姐？

⑦
chū jú
出局
(Out)

⑰
Nǐ de lǎo shī
你的老師
jiào shén me?
叫甚麼？

⑯
Nǐ de hǎo péng you
你的好朋友
jiào shén me?
叫甚麼？

⑮
How do you say
"two little sisters"?

⑭
chū jú
出局
(Out)

Win!

⑥
Rèn shi nǐ
認識你
hěn gāo xìng!
很高興！

⑤
Nǐ jiào
你叫
shén me?
甚麼？

④
Make gestures
from one to ten.

③
Count from one to
ten in Chinese.

②
Zài jiàn!
再見！

①
Nǐ hǎo!
你好！

Start!

**6** 抽卡片遊戲。Card game.

兩人一組，每人手持一套卡片。互相抽對方的卡片，抽中相同的就放到一邊，不同的留在手裏。誰手裏的卡片先抽完，誰獲勝。In pairs, each student holds a set of cards. Players take a card from each other's hand simultaneously. Any new pairs of matching cards are put away, while non-matching cards are kept in hand. The first player to get rid of all the cards in the hand is the winner.

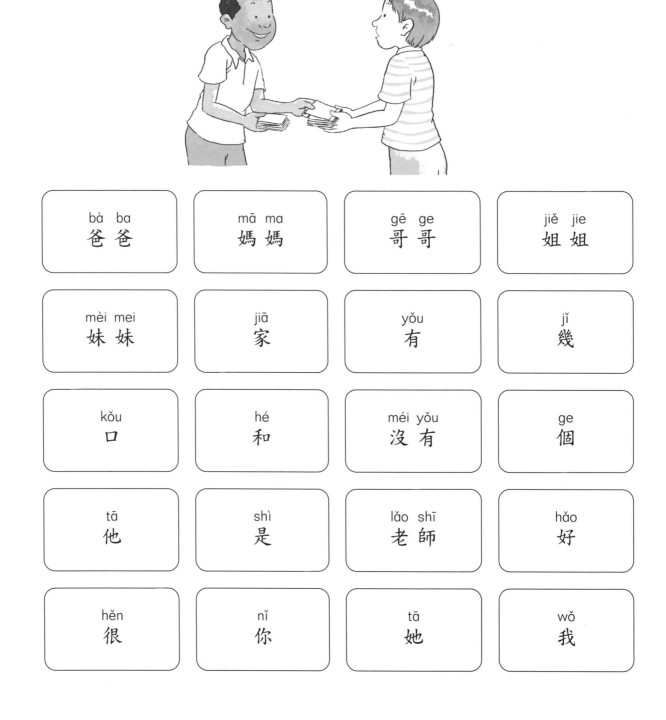

| bà ba 爸爸 | mā ma 媽媽 | gē ge 哥哥 | jiě jie 姐姐 |
| mèi mei 妹妹 | jiā 家 | yǒu 有 | jǐ 幾 |
| kǒu 口 | hé 和 | méi yǒu 沒有 | ge 個 |
| tā 他 | shì 是 | lǎo shī 老師 | hǎo 好 |
| hěn 很 | nǐ 你 | tā 她 | wǒ 我 |

# Lesson 5

## 我 6 歲
### I'm 6 years old

1 找一找，連一連。Find and match the characters.

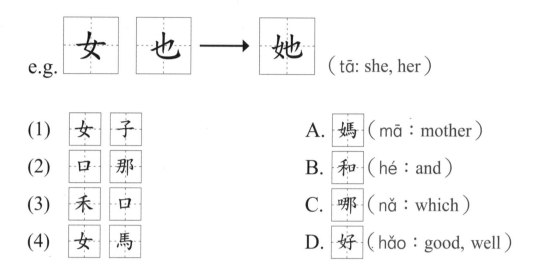

e.g. 女 也 ⟶ 她 （tā: she, her）

(1) 女 子          A. 媽（mā：mother）
(2) 口 那          B. 和（hé：and）
(3) 禾 口          C. 哪（nǎ：which）
(4) 女 馬          D. 好（hǎo：good, well）

2 找一找，塗一塗。Find and color in the apples which correspond to the words in the sentences below (using the same color as they appear in the sentences), then read the sentences out loud.

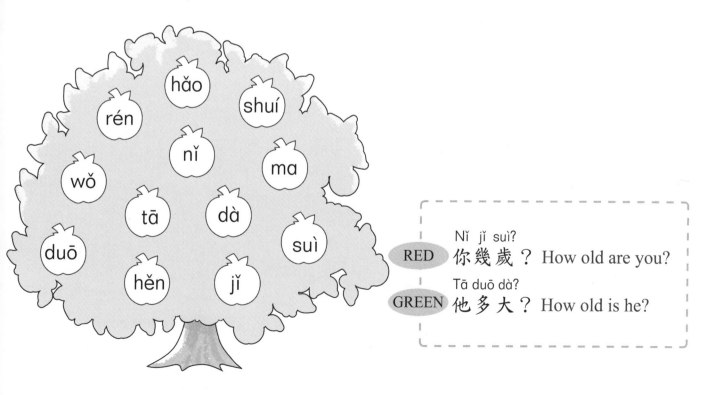

hǎo
shuí
rén
nǐ
ma
wǒ
tā
dà
duō
suì
hěn
jǐ

Nǐ jǐ suì?
RED 你幾歲？ How old are you?

Tā duō dà?
GREEN 他多大？ How old is he?

**3** 寫一寫，讀一讀。 Use the conversion table below to fill in the gaps with either Arabic or Chinese numbers, then read them out loud.

| 1 | 2 | 3 | 4 | 5 | 6 | 7 | 8 | 9 | 10 |
|---|---|---|---|---|---|---|---|---|---|
| yī | èr | sān | sì | wǔ | liù | qī | bā | jiǔ | shí |
| 一 | 二 | 三 | 四 | 五 | 六 | 七 | 八 | 九 | 十 |

(1) 八 → _____

(2) 十 → _____

(3) 十五 → _____

(4) 二十三 → _____

(5) 1 → _____

(6) 3 → _____

(7) 20 → _____

(8) 81 → _____

**4** 算一算，寫一寫。 Work out the sum and write the answer in Chinese characters.

(1) 六 － 三 = _____

(2) 十 － 九 = _____

(3) 二 ＋ 七 = _____

(4) 六 ＋ 四 = _____

**5** 想一想，寫一寫。 Answer the questions by filling in the gaps.

| | |
|---|---|
| (1) | Nǐ jǐ suì?<br>A：你 幾 歲 ？<br>Wǒ　　　　suì.<br>B：我 _____ 歲 。 |
| (2) | Nǐ jiā yǒu jǐ kǒu rén?<br>A：你 家 有 幾 口 人 ？<br>Wǒ jiā yǒu　　　　kǒu rén.<br>B：我 家 有 _____ 口 人 。 |
| (3) | Nǐ yǒu jǐ ge lǎo shī?<br>A：你 有 幾 個 老 師 ？<br>Wǒ yǒu　　　　ge lǎo shī.<br>B：我 有 _____ 個 老 師 。 |
| (4) | Nǐ rèn shi jǐ ge Zhōngguó rén?<br>A：你 認 識 幾 個 中 國 人 ？<br>　　　　　　　ge.<br>B：_____ 個 。 |

**6** 看一看，說一說。 Work out the ages of the people in the pictures below, then say how old they are in Chinese.

Name: Cindy Smith

Date of Birth: August 4, 2013

Name: Mary Smith

Date of Birth: June 11, 2011

Mèi mei　　　　suì,　 jiě jie　　　　suì.
妹 妹 _____ 歲 ， 姐 姐 _____ 歲 。

**7** 問一問，填一填。

Complete the questionnaire by asking your classmates questions in Chinese.

| | Name | Nationality | Age | Number of family members |
|---|---|---|---|---|
| 1 | | | | |
| 2 | | | | |
| 3 | | | | |
| 4 | | | | |
| 5 | | | | |

**8** 和父母一起做。

With your parents, go online and find out the ages of the following people/characters.

(1) Mǐqí lǎo shǔ
米奇老鼠（Mickey Mouse）_____ 歲 suì。

(2) Bābǐ
芭比（Barbie Millicent Roberts）_____ 歲 suì。

(3) Jiāfēi māo
加菲貓（Garfield）_____ 歲 suì。

(4) Bà ba
爸爸_____ 歲 suì，媽媽_____ 歲 mā ma suì。

(5) Name of your idol _____ , his/her age _____ .

# Lesson 6

# 你的個子真高！
## You're so tall!

1. **賓果**。Bingo.

老師讀 5 個生詞，最先把 5 個連成一條直線的學生獲勝。The teacher reads out a sentence with 5 new words. The first student to find and connect the 5 words in a straight line is the winner.

「你」「的」「鼻子」「真」「長」

| cháng | dà | nǐ | gè zi | nǐ |
|---|---|---|---|---|
| dà | zhēn | de | de | shǒu |
| gāo | gāo | bí zi | tóu fa | xiǎo |
| ěr duo | zhēn | zhēn | de | bí zi |
| cháng | xiǎo | cháng | yǎn jing | nì |

2. **說一說**。Say the parts of the body in Chinese.

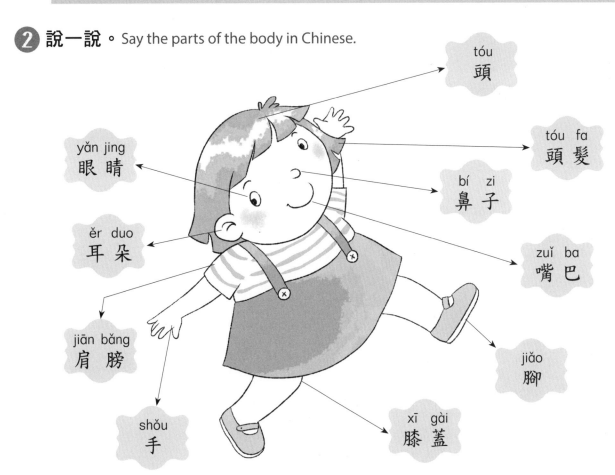

21

**③ 漢字「炸彈」。** Chinese character "bombs".

3-4 人一組，依次從盒子裏抽卡片（有字的一面朝下），讀出生詞。說對的自己留下，說錯的放回盒子，抽到「炸彈」要把手裏的卡片全部放回去。最後手裏卡片最多的獲勝。In groups of 3 or 4, take it in turns to take a word card from the box (with the words face down), then read the word aloud. If you say it correctly you can keep the card; if you read it wrong, the card goes back in the box; if you get a bomb card, all your cards must go back in the box. Whoever has the most cards at the end is the winner.

| | | | |
|---|---|---|---|
| tóu fa<br>頭 髮 | bí zi<br>鼻 子 | yǎn jing<br>眼 睛 | ěr duo<br>耳 朵 |
| shǒu<br>手 | de<br>的 | xiǎo<br>小 | dà<br>大 |
| cháng<br>長 | gè zi<br>個 子 | zhēn<br>真 | gāo<br>高 |
| mèi mei<br>妹 妹 | hěn<br>很 | bù<br>不 | nǐ<br>你 |
| shéi<br>誰 | tóu<br>頭 | | |

4 連一連。 Match the pictures with the sentences.

•          •

Tā de　　　ěr duo hěn cháng.
牠 的（its）耳 朵 很 長 。

•          •

Tā de ěr duo hěn xiǎo.
牠 的 耳 朵 很 小 。

•          •

Tā de yǎn jing hěn dà.
牠 的 眼 睛 很 大 。

•          •

Tā de gè zi hěn gāo.
牠 的 個 子 很 高 。

•          •

Tā de tóu hěn dà.
他 的 頭 很 大 。

•          •

Tā de tóu fa hěn cháng.
她 的 頭 髮 很 長 。

•          •

Tā de bí zi hěn cháng.
牠 的 鼻 子 很 長 。

**5** 讀一讀，畫一畫，說一說。Let's read, draw and write.

畫一個自己喜歡的動物，然後仿照例子介紹一下牠。Draw a picture of your favorite animal, then introduce it to everyone using the example below for reference.

Nǐ hǎo,　　tā jiào Nini.　Tā wǔ suì.
例：你 好 ， 牠 叫 Nini。 牠 5 歲 。

Tā de yǎn jing hěn dà.　　Tā de bí zi hěn xiǎo.
牠 的 眼 睛 很 大 。 牠 的 鼻 子 很 小 。

Tā de wěi ba hěn cháng.
牠 的 尾 巴 很 長 。

## Lesson 7 這是誰的狗？
### Whose dog is this?

**1** 選一選。 Choose the correct character to complete the sentence.

(1) Zhè shì wǒ de
這 是 我 的 ☐。
This is my cat.

    māo     lí     zhū
    A 貓   B 狸   C 豬

(2) Nà shì wǒ de
那 是 我 的 ☐。
That is my dog.

    gǒu     gǒu     hú
    A 苟   B 狗   C 狐

(3) Zhèr yǒu hěn duō xiǎo
這 兒 有 很 多 小 ☐。
There are lots of fish here.

    xiān     yú     yú
    A 鮮   B 漁   C 魚

(4) Nàr yǒu hěn duō xiǎo
那 兒 有 很 多 小 ☐。
There are lots of birds over there.

    wū     niǎo     mǎ
    A 烏   B 鳥   C 馬

**2** 找一找，圈一圈。 Find out and circle the *Pinyin* in the table.

| m | l | n | i | a | o | y |
|---|---|---|---|---|---|---|
| a | m | z | i | n | g | u |
| o | c | h | k | a | n | x |
| x | q | g | o | u | g | j |
| u | i | a | o | z | h | e |
| n | a | o | u | d | u | o |

(1) māo （cat）
(2) gǒu （dog）
(3) yú （fish）
(4) niǎo （bird）
(5) zhè （this）
(6) nà （that）
(7) kàn （look）
(8) duō （many）

**❸** 找一找，說一說。In pairs, find the owners of each animal, then take it in turns to ask and answer questions, as in the example below.

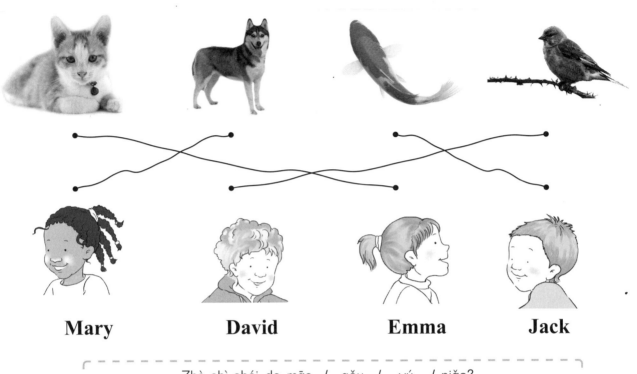

**Mary**　　　　**David**　　　　**Emma**　　　　**Jack**

Zhè shì shéi de māo ／ gǒu ／ yú ／ niǎo?
例：A：這 是 誰 的 貓 ／ 狗 ／ 魚 ／ 鳥？
Zhè shì　　　　　de māo ／ gǒu ／ yú ／ niǎo.
　　B：這 是 _____ 的 貓 ／ 狗 ／ 魚 ／ 鳥。

**❹** 填表格，說一說。Fill in the table below, then use it to make sentences about each of the animals and yourself.

| | gǒu 狗 | māo 貓 | yú 魚 | niǎo 鳥 | wǒ 我 |
|---|---|---|---|---|---|
| yǎn jing 眼睛 | ○ | | | | |
| ěr duo 耳朵 | ○ | | | | |
| bí zi 鼻子 | ○ | | | | |
| shǒu 手 | ✕ | | | | |

Gǒu yǒu yǎn jing,　　ěr duo hé bí zi,　　méi yǒu shǒu.
例：狗 有 眼 睛 、 耳 朵 和 鼻 子 ， 沒 有 手。

**5** 兩人一組，猜一猜。Work in pairs to guess the animals.

例：A：這 / 那是甚麼？
　　Zhè / nà shì shén me?

　　B：這 / 那是 _____ 。
　　Zhè / nà shì

**6** 說說唱唱，然後在班裏輪流表演。Learn the song and then take it in turns to perform for the class.

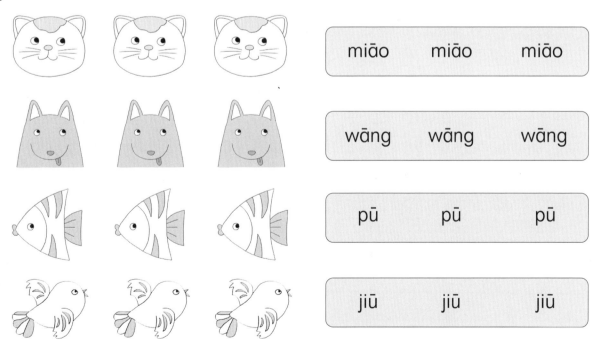

miāo　miāo　miāo

wāng　wāng　wāng

pū　pū　pū

jiū　jiū　jiū

**7** 猜一猜。Guess the word.

一個學生到教室前邊，挑選一張詞卡，文字向內放在胸前。其他學生用「那是……嗎？」來提問。猜對的學生到前邊繼續這個活動。A student comes to the front of the class and chooses a word card, taking care to conceal the word from the rest of the class. The other students attempt to guess the word using Chinese. Whoever correctly guesses the word comes to the front and chooses another card.

★ 老師先用詞卡帶領全班複習一遍，再做遊戲。

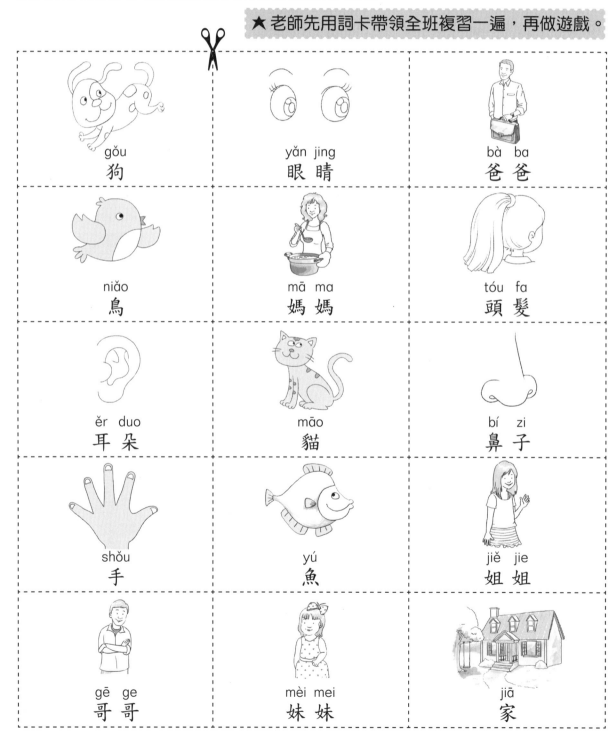

# Lesson 8

# 我去商店
## I'm going to the store

1 **尋找爆米花。** Find the right pieces of popcorn.

兩人一組，根據爆米花桶上的漢字找到相應的拼音並朗讀。In pairs, match the characters on the popcorn bucket with the corresponding *Pinyin* on the popcorn, then read out the words.

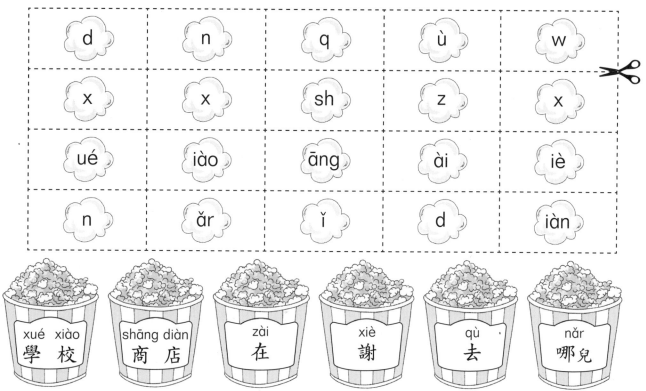

2 **打電話。** Make a phone call.

老師把自己家／好朋友的電話寫在黑板上。學生輪流用教室裏的電話或老師的手機練習打電話。The teacher writes his or her home phone number or a friend's number on the board. Students then take it in turns to use the teacher's phone to call the number and have a telephone conversation.

Nǐ hǎo,　wǒ shì　　　　　　　　　　lǎo shī zài jiā ma?
你好，我是＿＿＿＿＿。＿＿＿＿＿老師在家嗎？

Tā / Tā bú zài jiā,　tā / tā zài xué xiào.
他／她不在家，他／她在學校。

Xiè xie,　zài jiàn.
謝謝，再見。

Zài jiàn.
再見。

❸ 連一連。Match the sentences with the pictures.

·  ·
Tā huí jiā.
他 回 家 。

·  ·
Tā men qù xué xiào.
他 們 去 學 校 。

·  ·
Tā men qù Zhōngguó.
他 們 去 中 國 。

·  ·
Tā qù yī yuàn.
她 去 醫 院 。

·  ·
Wǒ men qù shāng diàn.
我 們 去 商 店 。

**4** 小花粘在哪兒？ Where is the small flower stuck?

兩人一組完成句子，然後老師組織全班表演。Students work in pairs to complete the sentences before acting them out as a whole class.

(1)

Xué sheng: Xiǎo huā zhān zài nǎr?
學 生 ： 小 花 粘 <u>在 哪兒</u>？
Where is the small flower stuck?

Lǎo shī: Zhān zài xiǎo péng you de bí zi shang.
老 師 ： 粘 在 小 朋 友 的 <u>鼻子</u> 上 。
It's stuck on the noses.

(2)

Xué sheng: Xiǎo huā zhān
學 生 ： 小 花 粘 _____？

Lǎo shī: Zhān zài xiǎo péng you de shang.
老 師 ： 粘 在 小 朋 友 的 _____ 上 。

(3)

Xué sheng: Xiǎo huā zhān
學 生 ： 小 花 粘 _____？

Lǎo shī: Zhān zài xiǎo péng you de shang.
老 師 ： 粘 在 小 朋 友 的 _____ 上 。

(4)

Xué sheng: Xiǎo huā zhān
學 生 ： 小 花 粘 _____？

Lǎo shī: Zhān zài xiǎo péng you de xī gài shang.
老 師 ： 粘 在 小 朋 友 的 膝 蓋 上 。

(5)

Xué sheng: Xiǎo huā zhān
學 生 ： 小 花 粘 _____？

Lǎo shī: Zhān zài xiǎo péng you de shang.
老 師 ： 粘 在 小 朋 友 的 _____ 上 。

**5** 讀一讀，寫一寫，畫一畫。Let's read, write and draw.

根據對話畫畫，把「去」字用不同顏色寫在彩虹下面。Draw pictures according to the short sentences below, then write the character「去」underneath the rainbow in different colors.

(1) A：
Xiǎo gǒu qù xué xiào ma?
小 狗 去 學 校 嗎 ？

B：
Bú qù xué xiào.
不 去 學 校 。

(2) A：
Xiǎo gǒu qù shāng diàn ma?
小 狗 去 商 店 嗎 ？

B：
Bú qù shāng diàn.
不 去 商 店 。

(3) A：
Xiǎo gǒu huí jiā ma?
小 狗 回 家 嗎 ？

B：
Bù huí jiā.
不 回 家 。

(4) A：
Xiǎo gǒu qù nǎr?
小 狗 去 哪 兒 ？

B：
Qù nàr! Qù nàr!
去 那 兒 ！ 去 那 兒 ！

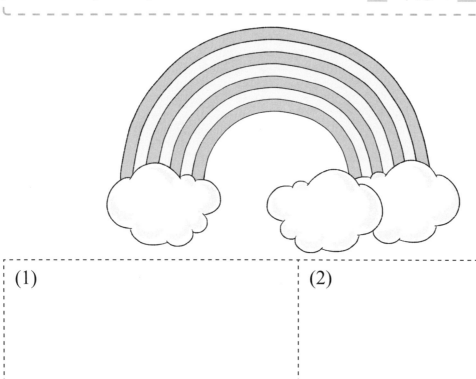

(1)

(2)

(3)

(4)

# Lesson 9

## 今天星期幾？

### What day is it today?

**1** 找一找，連一連。 Match the characters with the corresponding pictographs.

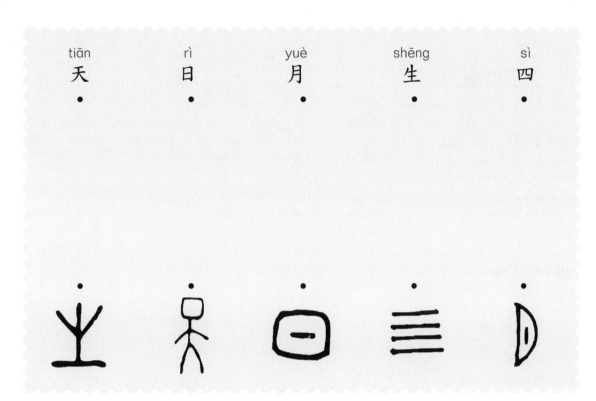

| tiān | rì | yuè | shēng | sì |
|------|-----|-----|-------|-----|
| 天 | 日 | 月 | 生 | 四 |

**2** 讀一讀，找不同。 Read and find the different one in each group.

(1)

| yī | sān | tiān | sì |
|-----|-----|------|-----|
| 一 | 三 | 天 | 四 |

(2)

| yuè | hào | jǐ | xīng qī |
|------|------|-----|---------|
| 月 | 號 | 幾 | 星期 |

(3)

| jīn tiān | xiǎo niǎo | xīng qī tiān | míng tiān |
|----------|-----------|--------------|-----------|
| 今天 | 小鳥 | 星期天 | 明天 |

(4)

| xǐ huan | yǎn jing | ěr duo | bí zi |
|---------|----------|--------|-------|
| 喜歡 | 眼睛 | 耳朵 | 鼻子 |

**❸ 寫一寫，讀一讀。** Complete the sequences, then read them out loud.

例：　　qī yuè 　　bā yuè 　　jiǔ yuè
例：＿＿7＿＿月 → 8 月 → ＿＿9＿＿月

(1)　sān yuè 　　　　yuè 　　　　yuè
(1)　3 月 → ＿＿＿＿＿ 月 → ＿＿＿＿＿ 月

(2)　　　　yuè 　　　　yuè shí èr yuè
(2)　＿＿＿＿＿ 月 → ＿＿＿＿＿ 月 → 12 月

(3)　èr yuè shí sān hào 　èr yuè 　　hào 　　yuè 　　hào
(3)　2 月 13 號 → 2 月 ＿＿＿＿ 號 → ＿＿＿＿ 月 ＿＿＿＿ 號

(4)　xīng qī 　　　xīng qī 　　　xīng qī èr
(4)　星期 ＿＿＿＿ → 星期 ＿＿＿＿ → 星期二

**❹ 看誰填得快。** Fill in the gaps in the dates below. Whoever gets all the answers correct first wins.

Your mother's birthday:

＿＿＿＿月＿＿＿＿號

New Year's Day:

＿＿＿＿月＿＿＿＿號

Christmas Eve:

＿＿＿＿月＿＿＿＿號

China's National Day:

＿＿＿＿月＿＿＿＿號

Mother's Day of this year:

＿＿＿＿月＿＿＿＿號

Halloween of this year:

＿＿＿＿月＿＿＿＿號

**5** 問一問，答一答。With a partner, practice asking and answering the following questions.

**A**

| (1) | Jīn tiān jǐ yuè jǐ hào?<br>今 天 幾 月 幾 號 ？ |
| (2) | Jīn tiān xīng qī sì.<br>今 天 星 期 四 。 |
| (3) | Wǒ bā suì.<br>我 8 歲 。 |
| (4) | Nǐ de shēng rì shì jǐ yuè jǐ hào?<br>你 的 生 日 是 幾 月 幾 號 ？ |
| (5) | Wǒ xǐ huan xīng qī tiān.<br>我 喜 歡 星 期 天 。 |
| (6) | Nǐ jiā yǒu jǐ kǒu rén?<br>你 家 有 幾 口 人 ？ |

**B**

| A | Nǐ xǐ huan xīng qī jǐ?<br>你 喜 歡 星 期 幾 ？ |
| B | Wǒ jiā yǒu wǔ kǒu rén.<br>我 家 有 五 口 人 。 |
| C | Nǐ jǐ suì?<br>你 幾 歲 ？ |
| D | Wǒ de shēng rì shì èr yuè yī hào.<br>我 的 生 日 是 2 月 1 號 。 |
| E | Jīn tiān jiǔ yuè sān hào.<br>今 天 9 月 3 號 。 |
| F | Jīn tiān xīng qī jǐ?<br>今 天 星 期 幾 ？ |

❻ 中國人、英國人、美國人寫的日期有甚麼不同？ What differences are there between how dates are written in China, Britain and the US?

❼ 做一張你的生日的日曆。 Make a calendar page in Chinese for your birthday.

# Lesson 10

# 現在幾點？

## What time is it?

**1** 老師讀數字，學生快速圈出來。Students circle the numbers the teacher reads out as fast as they can.

| 1 | 2 | 3 | 4 | 5 | 6 | 7 | 8 | 9 | 10 |
|---|---|---|---|---|---|---|---|---|----|
| 11 | 12 | 13 | 14 | 15 | 16 | 17 | 18 | 19 | 20 |
| 21 | 22 | 23 | 24 | 25 | 26 | 27 | 28 | 29 | 30 |
| 31 | 32 | 33 | 34 | 35 | 36 | 37 | 38 | 39 | 40 |
| 41 | 42 | 43 | 44 | 45 | 46 | 47 | 48 | 49 | 50 |
| 51 | 52 | 53 | 54 | 55 | 56 | 57 | 58 | 59 | 60 |

**2** 兩人一組，一人說時間，另一人在空錶盤上畫出時針和分針。In pairs, one student says a time in the table and the other draws the corresponding hour and minute hands on one of the clock faces.

(1) 1:00      (2) 5:15      (3) 6:30
(4) 7:05      (5) 8:45      (6) 12:00

❸ 扔橡皮。 Throw the eraser.

兩人輪流扔橡皮，橡皮落在哪個格子裏，就用哪個時間回答問題。In pairs, students take it in turns to throw an eraser onto the grid below. One then asks question A, and the other replies using the time in the box which the eraser landed on.

> Xiàn zài jǐ diǎn?
> 例：A：現在幾點？
> Xiàn zài　　　　 diǎn　　　 fēn.
> B：現在_____點_____分。

| wǔ diǎn<br>五 點 | sān diǎn shí fēn<br>三 點 十 分 | shí èr diǎn<br>十 二 點 |
|---|---|---|
| qī diǎn shí èr<br>七 點 十 二 | liù diǎn<br>六 點 | yī diǎn shí wǔ<br>一 點 十 五 |
| sì diǎn shí bā<br>四 點 十 八 | sān diǎn wǔ shí<br>三 點 五 十 | qī diǎn<br>七 點 |
| bā diǎn<br>八 點 | jiǔ diǎn sān shí<br>九 點 三 十 | shí yī diǎn<br>十 一 點 |
| shí yī diǎn shí fēn<br>十 一 點 十 分 | sān diǎn sì shí wǔ<br>三 點 四 十 五 | bā diǎn wǔ shí jiǔ<br>八 點 五 十 九 |

**4** 做時鐘。 Make a clock.

★ 描一描錶盤上的漢字數字。
Trace over the characters of numbers on the clock face.

★ 剪下錶盤、時針和分針。
Cut out the clock face, the hour and minute hands.

★ 把時針和分針釘在錶盤上。
Pin the hands onto the clock face.

★ 塗上自己喜歡的顏色。
Color in the clock using your favorite colors.

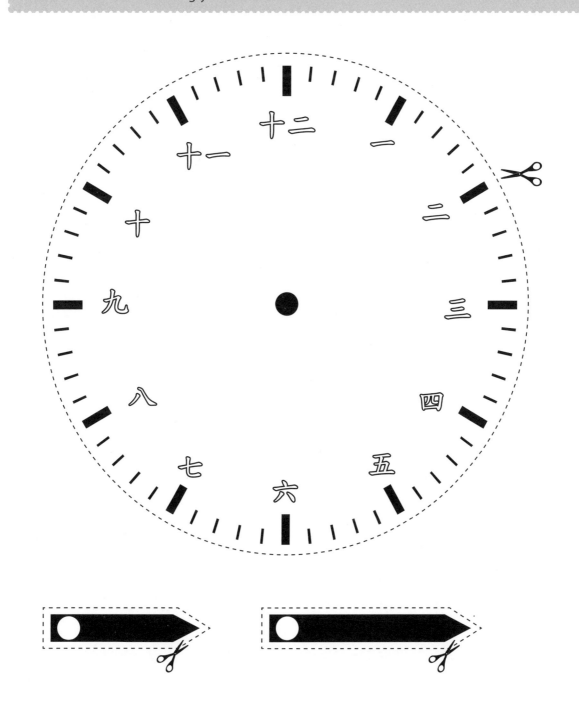

**5** 我的小書：我的一天。 My Chinese diary: A day in my life.

Wǒ de xiǎo shū:   wǒ de yì tiān
我的小書：我的一天

Míng zi:
名字（name）：＿＿＿＿＿＿

Wǒ zǎo shang    diǎn    fēn
我早上 ＿＿ 點 ＿＿ 分
qǐ chuáng.
起牀 （get up）。

Wǒ zǎo shang    diǎn    fēn
我早上 ＿＿ 點 ＿＿ 分
qù xué xiào.
去學校 （go to school）。

Wǒ zhōng wǔ    diǎn    fēn
我中午 ＿＿ 點 ＿＿ 分
chī fàn.
吃飯 （have lunch）。

Wǒ xià wǔ    diǎn    fēn
我下午 ＿＿ 點 ＿＿ 分
fàng xué.
放學 （leave school）。

Wǒ xià wǔ    diǎn    fēn
我下午 ＿＿ 點 ＿＿ 分
huí jiā.
回家 （go back home）。

Wǒ wǎn shang    diǎn    fēn
我晚上 ＿＿ 點 ＿＿ 分
chī wǎn fàn.
吃晚飯 （have supper）。

Wǒ wǎn shang    diǎn    fēn
我晚上 ＿＿ 點 ＿＿ 分
shuì jiào.
睡覺 （go to sleep）。

40

# Lesson 11

# 你吃甚麼？
## What would you like to eat?

**1** 描一描，寫一寫。 Trace the characters and write them.

niú：cow, cattle

| 牛 | 牛 | 牛 | | |

ノ ⌒ ⊢ 牛

mǐ：rice

| 米 | 米 | 米 | | |

、 ⌒ ⊢ 半 米 米

shuǐ：water

| 水 | 水 | 水 | | |

丨 刁 才 水

**2** 找一找，圈一圈。 Find and circle the *Pinyin* for the Chinese words below.

| chī | wǒ | píng | nǎ | hē |
|------|-------|------|------|------|
| miàn | tiáo | guǒ | tā | dàn |
| niú | nǎi | xǐ | huan | gāo |
| qù | shàng | mǐ | fàn | dà |
| jiā | diàn | shuí | gāo | shuǐ |

píng guǒ
蘋 果（apple）

miàn tiáo
麵 條（noodles）

mǐ fàn
米 飯（rice）

niú nǎi
牛 奶（milk）

dàn gāo
蛋 糕（cake）

shuǐ
水（water）

**3** 猜一猜，連一連。 Guess the meanings of the following words and match them with the pictures.

(1) qiǎo kè lì 巧克力 •

(2) máng guǒ 芒果 •

(3) kā fēi 咖啡 •

(4) bǐ sà 比薩 •

(5) bù dīng 布丁 •

(6) shā lā 沙拉 •

(7) sān míng zhì 三明治 •

(8) hàn bǎo 漢堡 •

(9) kě lè 可樂 •

**4** 讀一讀，找不同。 Read and find the different one in each group.

| | | | |
|---|---|---|---|
| 例： A. wǒ 我 | B. nǐ 你 | C. tā 他 | D. chī 吃 |
| (1) A. miàn tiáo 麵條 | B. mǐ fàn 米飯 | C. shāng diàn 商店 | D. dàn gāo 蛋糕 |
| (2) A. xǐ huan 喜歡 | B. yǎn jing 眼睛 | C. bí zi 鼻子 | D. ěr duo 耳朵 |
| (3) A. niǎo 鳥 | B. yú 魚 | C. māo 貓 | D. shuǐ 水 |
| (4) A. dà 大 | B. cháng 長 | C. gāo 高 | D. chī 吃 |
| (5) A. kàn 看 | B. bù 不 | C. qù 去 | D. hē 喝 |

**5** 找一找，塗一塗。 Find and color in the items on Susan's shopping list.

> **Susan's shopping list**
>
> | yú | shuǐ | niú nǎi | miàn tiáo | dàn gāo | bǐ sà |
> |----|------|---------|-----------|---------|-------|
> | 魚 | 水 | 牛 奶 | 麵 條 | 蛋 糕 | 比 薩 |

**6** 看一看，說一說。 Have conversations with your partner using the pictures to guide you.

(1)

(2)

(3)

(4)

> **Word box**
>
> | hé | chī | shén me | xǐ huan |
> |----|-----|---------|---------|
> | 和 | 吃 | 甚 麼 | 喜 歡 |

**7** 畫一畫，說一說。Draw what you had for lunch today, and describe it to your partner in Chinese.

>                Jīn tiān wǒ chī                 , hē
> 例：今 天 我 吃＿＿＿＿＿，喝＿＿＿＿＿。

**8** 和父母一起做。Work with your parents to make a list of kinds of food you have and don't have in your house. Then write them down here in *Pinyin* or Chinese characters.

| Wǒ jiā yǒu ...<br>我 家 有 …… | Wǒ jiā méi yǒu ...<br>我 家 沒 有 …… |
|---|---|
| (1) | (1) |
| (2) | (2) |
| (3) | (3) |
| (4) | (4) |
| (5) | (5) |

**Lesson ② 你叫甚麼？**

❷ (1) rèn shi, to know
(2) shén me, what

❸ (1) C　(2) A　(3) B

❹ (1) A　(2) B　(3) B　(4) A

**Lesson ③ 他是誰？**

❻ (1) B　(2) D　(3) E, C　(4) A

**Lesson ④ 我家有四口人。**

❶ 爸爸3個，媽媽4個，哥哥2個，
姐姐3個，妹妹1個

❷ bà ba, mā ma, gē ge, jiě jie,
mèi mei, wǒ

**Lesson ⑤ 我 6 歲。**

❶ (1) D　(2) C　(3) B　(4) A

❸ (1) 8　(2) 10　(3) 15　(4) 23　(5) 一
(6) 三　(7) 二十　　(8) 八十一

❹ (1) 三　(2) 一　(3) 九　(4) 十

**Lesson ⑦ 這是誰的狗？**

❶ (1) A　(2) B　(3) C　(4) B

**Lesson ⑨ 今天星期幾？**

❷ (1) 天　(2) 幾　(3) 小鳥　(4) 喜歡

❸ (1) 4, 5　　(2) 10, 11
(3) 14, 2, 15　(4) 天，一

❺ (1) E　(2) F　(3) C　(4) D　(5) A
(6) B

**Lesson ⑪ 你吃甚麼？**

❹ (1) C　(2) A　(3) D　(4) D　(5) B

責任編輯　楊　歌
裝幀設計　龐雅美
排　　版　龐雅美
印　　務　劉漢舉

主編｜蘇英霞　　編者｜王　蕾　　蔡　楠

**出版 / 中華教育**

香港北角英皇道 499 號北角工業大廈 1 樓 B 室

電話：(852) 2137 2338　傳真：(852) 2713 8202

電子郵件：info@chunghwabook.com.hk

網址：http://www.chunghwabook.com.hk

**發行 / 香港聯合書刊物流有限公司**

香港新界荃灣德士古道 220-248 號荃灣工業中心 16 樓

電話：(852) 2150 2100　傳真：(852) 2407 3062

電子郵件：info@suplogistics.com.hk

**印刷 / 寶華數碼印刷有限公司**

香港柴灣吉勝街 45 號勝景工業大廈 4 樓 A 室

**版次 / 2023 年 6 月第 1 版第 1 次印刷**

©2023 中華教育

**規格 / 16 開 ( 285mm x 210mm )**

ISBN / 978-988-8808-96-0